SOPA DE LLIBRES

Pl. Lesseps, 33, entresòl. 08023 Barcelona
Telèfon 93 217 20 54. Fax 93 237 34 69
e-mail: barcanova@barcanova.es
www.barcanova.es

Primera edició: octubre de 2004

Disseny: Manuel Estrada

ISBN: 84-489-1617-4
Dipòsit legal: B-44099-2004

Imprès a Gràfiques 92, SA
Av. Can Sucarrats, 91. 80181 Rubí
Printed in Spain

Martí i Bertran, Pere
La tortuga d'en Hans / Pere Martí i Bertran ; il. de Carmen Queralt. — Barcelona : Barcanova, 2004. — 64 p. : il. ; 20 cm. — (Sopa de Llibres ; 108. Sèrie Groga)
ISBN 84-489-1617-4
I. Queralt, Carmen, il. II. Títol. III. Col·lecció. 1. Tortugues. 2. Reserves d'animals.

I1 MAR

La tortuga d'en Hans

SOPA DE LLIBRES

Pere Martí i Bertran

La tortuga d'en Hans

Il·lustracions de Carmen Queralt

Editorial Barcanova

Per als nens i les nenes de Bühl,
ciutat agermanada amb Vilafranca del Penedès.

Devia tenir cinc anys, en Hans,
quan el seu cosí Peter
li va portar la tortuga.
Havien passat uns quants dies
a la Costa Brava, com solien fer
i encara continuaven fent,
i la van trobar en una excursió.

–Ja t'ho he explicat moltes vegades, Hans. Anàvem a poc a poc contemplant el paisatge i jo vaig preguntar al pare què era allò que hi havia al mig del camí.

»El pare va dir
que devia ser un eriçó,
però quan vam parar el cotxe
i en vam baixar
per veure-ho de prop,
va resultar que era una tortuga;
una tortuga mediterrània preciosa,
amb aquella closca
pintada de groc i negre
tan característica.

»Jo vaig preguntar
si me la podia quedar,
i els pares van dir
que què en faria en un pis.
Llavors vaig pensar en tu
i en el vostre jardí.
Ho vaig dir als pares
i em van dir que molt bé.
I te la vam portar;
per això la tens.

D'entrada, a en Hans
li va fer molta il·lusió,
més il·lusió que cap altre regal,
perquè era una joguina viva
i perquè no coneixia cap més nen
que en tingués una d'igual.
A tot estirar tenien gossos,
gats o algun ocell.
Cada dia li donava enciam i poma.
I li van fer un bassiol al jardí
perquè tingués aigua a l'abast.

En Hans s'hi passava
tanta estona com podia,
contemplant-la i traginant-la
d'un cantó a l'altre.
Li agradava veure
com arronsava el caparró arrugat,
així que l'agafava,
o tocar-li aquelles ungles
tan fortes que no sabia ben bé
per a què li devien servir,
cosa que va descobrir
quan van arribar els primers freds.

Un bon dia,
la tortuga va desaparèixer.
–Pare, mare, la tortuga
s'ha perdut! –va dir un dissabte
cridant i entrant esverat a la casa.
–Ja es deu haver colgat
–li va dir el pare,
que s'havia comprat un llibre
sobre tortugues per saber
com havia de tractar aquell animaló
que els havia arribat de tan lluny.

–Què vols dir? –va fer en Hans amb cara de sorpresa.

–Doncs que les tortugues, com molts altres animals, quan fa fred es fiquen sota terra i no en surten fins que arriba el bon temps.

–¿Com els óssos dels contes, que es tanquen a la seva cova? –va preguntar en Hans.

–Exactament –va dir el pare–. Només que elles es colguen sota terra.

En Hans va dir que per això devia tenir aquelles ungles tan gruixudes, i va fer infinitat de preguntes: com era que no s'ofegaven; quant de temps s'hi estaven, sota terra; si no la podien tenir a dins en una senalla com els amics hi tenen el gos o el gat...

–Té –li va dir el pare–,
com que ja sabíem
que aviat et quedaries
sense tortuga, et vam comprar
aquest conte de tortugues,
perquè el puguis mirar i llegir
abans d'anar a dormir.
Així et semblarà que la tens amb tu,
la tortuga, perquè ja veuràs
que s'assembla a la teva.

I el va desembolicar
i el va fullejar.
Va quedar bocabadat
amb les il·lustracions.
Va voler que l'hi llegissin
de seguida, però el pare
li va dir que al vespre,
que ara s'havia de conformar
amb el títol:
El retorn al país de les tortugues.
Des que li van regalar aquell llibre
que, com us podeu imaginar,
es va fer llegir i rellegir
tantes vegades,
la relació d'en Hans amb la tortuga
va canviar radicalment.

Va tenir por que la seva tortuga no aguantés les gelades de l'hivern i ja no tornés a sortir mai més; que s'enyorés i volgués tornar al país de les tortugues, com la del conte; que sempre estigués trista. «Jo ja li veia els ullets una mica estranys», es veu que va dir un dia i tot.

Però no va passar res de tot el que en Hans esperava, i, ben avançada la primavera, al cap d'uns quants dies d'un sol que va semblar que ho transformava tot, la tortuga d'en Hans va aparèixer.

La va trobar una tarda
en sortir de l'escola,
quan passejava pel jardí
com cada dia
per veure si treia el cap
per algun racó.
A en Hans li va semblar
que estava com la recordava:
li feia por que s'hagués
empetitit o aprimat molt,
tant de temps sense menjar.

La va trobar igual en tot,
però quan li va mirar els ulls,
aquells ulls diminuts
i sempre mig clucs,
li va semblar que sí
que els tenia molt tristos,
més tristos del que recordava.
Per això la va agafar,
abans de donar-li menjar
i abans de dir als pares
que ja havia sortit,
li va acariciar la closca
i li va dir de ben a la vora,
perquè el sentís bé:

–No sé si m'entens, tortuga,
perquè encara no fa un any
que vius aquí a Alemanya
amb nosaltres, però et prometo
que quan pugui et tornaré
al teu país. No cal que t'escapis
com la tortuga del conte,
perquè seria molt perillós.
Jo convenceré els pares
perquè et retornem a aquell país
on van de vacances els meus cosins,
perquè aquell sol escalfa molt més
i allà trobaràs altres tortugues.

I, un cop dit això,
va entrar amb la tortuga a casa,
per ensenyar-la a la mare.
I la mare se'n va alegrar.
Li va recordar que ells ja li deien
que tornaria a sortir,
que no s'havia de preocupar,
que el conte només era un conte,
que ara la podria tenir
tots aquells mesos...

Però ell li va exposar
la seva idea:
anar de vacances amb els cosins
i retornar la tortuga al seu país.
La mare li va dir
que no ho veia tan fàcil,
que ells cada any anaven
part de les vacances
a cals avis de Bühl,
que ja ho sabia,
i que si tenia tantes ganes
de retornar la tortuga,
que la donés als seus cosins,
en Peter i la Beatrix,
que de ben segur no els faria res
emportar-se-la una altra vegada.

Potser recordarien fins i tot
a quin lloc l'havien trobada.
Però ell va dir que ni parlar-ne,
que havia de ser ell mateix
qui l'havia de retornar,
perquè era la seva tortuga.

26 Quan va arribar el pare,
va ser si fa no fa el mateix,
però ell ja va deixar clar
que no podia ser
de cap de les maneres,
almenys aquell estiu,
perquè ja tenien les reserves
dels quinze dies de vacances
per anar al Canadà,
i els altres quinze dies
els havien de passar amb els avis,
com cada any.

La insistència d'en Hans va fer que el pare li digués que si de cas hauria de ser aquell estiu no, l'altre. I ell, tot i que li va semblar molt lluny, s'hi va resignar.

I va arribar l'estiu.
Al final de juliol,
abans de marxar de vacances,
en Hans va ben explicar
a la senyora Hasselbach,
la veïna que tenia cura
de la casa mentre eren fora,
què li havia de donar per menjar,
a la tortuga, i com li havia
de canviar l'aigua del bassiol.
També li va recomanar
que la busqués i l'agafés
de tant en tant,
perquè no es trobés tan sola:
–Pensi, senyora Hasselbach,
que jo l'agafo i li parlo cada dia.

I pensi que l'any que ve
ja no ho haurà de fer,
perquè anirem de vacances
amb els meus cosins i la tornarem
al seu país –li va dir convençut.

I va passar el mes de vacances.
En Hans va tornar a casa
i va recuperar la tortuga,
que aviat es va colgar,
perquè la tardor va ser
especialment plujosa i avançada,
aquell any.

El curs va anar passant
i en Hans ja va començar a llegir
sol alguns llibres. Sobretot
El retorn al país de les tortugues,
que encara tenia al capçal del llit.

I un dia recordava al pare
que havien d'anar de vacances
al país de les tortugues.
I un altre, quan hi anaven
els oncles i els cosins a dinar,
invariablement treia el tema
i també els recordava
que aquell any anirien
de vacances amb ells.

Tant hi va insistir,
que els pares van decidir
d'anar a passar els quinze dies
d'agost d'aquell any
a la Costa Brava.
No van haver de buscar

gaire informació,
ni es van haver de preocupar
d'agències ni de res semblant,
perquè els oncles n'eren
uns bons experts,
ja que feia deu o dotze anys
que hi estiuejaven.

El pare d'en Hans, però, sí que va buscar informació sobre la tortuga mediterrània i les reserves de tortugues. Havia llegit que les que havien viscut en captivitat no es podien deixar en llibertat així com així, perquè necessitaven acostumar-se a alimentar-se per elles mateixes, i pel perill que poden representar per a la resta de tortugues, ja que podien portar alguna malaltia.

Per això va buscar informació a Internet, cosa que no li va ser gaire difícil, perquè treballava molt amb ordinadors i a través de la xarxa.

Un bon dia, va trobar
una pàgina web en tres idiomes,
entre els quals hi havia l'anglès,
que li va semblar
d'allò més interessant,
perquè parlava d'una reserva
de tortuga mediterrània
que hi havia molt a prop
de la Costa Brava.
Hi acceptaven tortugues
per reintroduir-les al medi
i per fer repoblacions
en altres indrets.

Li va semblar que era la solució per al seu problema, i els va enviar un correu electrònic explicant-los el cas i les intencions del seu fill, en Hans.

No va trigar gaires dies a rebre un correu de resposta en el qual no solament li agraïen la seva intenció, sinó que a més li oferien una visita a la reserva perquè el nen pogués veure on es quedaria la seva tortuga i el procés que faria abans de tornar-la a deixar en llibertat.

Al pare li va semblar magnífic,
i aquell vespre mateix,
amb una còpia
del correu a la cartera,
així que va arribar a casa,
va exposar la idea a en Hans.

Quan li ho va haver ben explicat,
li va traduir el correu.
En Hans va estar d'allò més cofoi
en sentir el seu nom,
i li va semblar
una idea boníssima.

L'hivern se li va fer llarg.
La primavera oficial
ja havia arribat feia dies,
però el bon temps es resistia
a fer acte de presència.

–Quan farà sol, mare?
–preguntava un dia i un altre dia–.
Oi que ja n'hauria de fer?
–Sí, Hans, però ja saps que aquí...

Però com que tard o d'hora tot arriba, també va arribar el bon temps i, com l'any anterior, la tortuga va acabar la hibernació, i en Hans la va tornar a agafar, a acariciar. I li va explicar tot el que havien preparat, aquell hivern, perquè pogués tornar a casa seva, amb altres tortugues, a aquell sol que escalfa tant i tant que et crema la pell.

–Però com que tu tens closca, no et deus cremar gens ni mica –li va dir com a cloenda.

I va fer com l'any anterior: la va ensenyar als pares, li va començar a posar poma i enciam, li va netejar el bassiol ben net i l'hi va omplir...

I, al final de juliol, va dir a la senyora Hasselbach que aquell any ja no s'hauria de preocupar de la tortuga, perquè se n'anaven de vacances al seu país i se l'emportaven per deixar-la-hi.

El dia de marxar –dos cotxes
en comptes d'un aquell estiu–,
i ben carregats perquè anaven
a un apartament veí
del que llogaven els oncles
des de feia una colla d'anys,
en Hans es va posar
la caixa de cartó a la falda,
amb la tortuga i un trosset de poma,
i va dir que ell en tindria cura.

El viatge se li va fer llarg,
però finalment van arribar
a la Costa Brava. Es van instal·lar.
L'endemà, perquè l'animal
no patís més i perquè en Hans
se'n moria de ganes,

després d'una telefonada del pare
per concertar l'hora,
se'n van anar cap a Garriguella,
cap al Centre de Reproducció
de Tortugues de l'Albera.

Els va rebre en Jaume,
el responsable amb qui el pare
havia tingut els contactes,
el qual els va dir
que els ho explicaria tot la Cesca,
perquè així ho podria fer
en alemany, i en Hans
ho entendria més bé.

La sorpresa va ser
d'allò més agradable,
i la visita amb la Cesca
encara més.

En primer lloc,
la tortuga hauria d'estar
uns quants dies sola,
per fer-li unes proves,
ja que no podien córrer el risc
que tingués alguna malaltia
i l'escampés pel Centre.
Després, ja passaria a un prat
tancat amb altres tortugues
i amb plantes autòctones,
perquè s'hi tornés a acostumar,
tot i que encara li anirien donant
poma i enciam.

Finalment,
si l'adaptació era bona,
la deixarien anar en llibertat
pel parc natural.

–Si no haguéssim sabut
d'on provenia, potser
l'hauríem destinada a un projecte
que tenim d'introducció
al massís del Garraf,
a prop de Barcelona
–els va explicar la Cesca–.

Però sent d'aquesta zona
com ens vau dir,
la deixarem aquí, a veure si troba
algun familiar o amic, eh, noiet?
–va dir dirigint-se a en Hans
i passant-li la mà pels cabells,

que duia ben curts
i en forma de raspall.

En Hans no va dir res
en tota l'estona.
S'ho mirava tot embadalit.

El pare, que ho va trobar
una mica estrany,
li va preguntar:

–Què te’n sembla, Hans?

–Bé –va dir.

–Només bé?
–hi va insistir el pare.

–Ja veig que estarà molt bé
i que la tractaran molt bé,
però no la podré tornar a veure
mai més.

–Qui sap! –va dir la Cesca tota enriolada–. Potser si tornes l'any vinent i visites el parc, la veuràs creuar una carretera o amagar-se en algun matoll. El que ja no faràs, oi que no?, serà agafar-la per endur-te-la.

–No, no, això no.
Però encara que la trobés
no la coneixeria, perquè totes
les que teniu al tancat
per deixar anar aviat
ja m'han semblat iguals.
La Cesca va riure de gust
amb la sortida d'en Hans
i li va dir:
–Sí, tens raó, a nosaltres mateixos
de vegades ens costa reconèixer-les...
Però el que no podem fer, Hans,
és marcar-te la teva.
Ho entens això, oi?
–Sí, sí, només faltaria.
Que li podré dir adéu, almenys?

–I tant que sí! Ara tornarem al centre per veure un petit museu on hem reproduït l'hàbitat i el cercle reproductor i vital de les tortugues. L'utilitzem per als escolars que ens visiten, alguns com tu, Hans, perquè ja deus tenir set o vuit anys, oi? I després podràs dir adéu a la teva tortuga.

–Sí, en tinc set, però me la van regalar quan en tenia cinc. Potser un dia podrem venir amb la meva escola –va dir mirant-se el pare.

Tots van tornar a riure, però va ser la Cesca qui va tornar a parlar:

–A nosaltres ens encantaria,
i pots estar segur
que els explicaríem
el que has fet, Hans,
perquè hi hagués molts altres nens
que s'animessin a fer-ho.

Però encara que no pugueu venir, perquè Alemanya és una mica lluny, t'asseguro que quan ens visitin escoles els explicarem l'aventura de la teva tortuga, i els direm que ara torna a ser lliure i feliç

pel parc gràcies a la generositat d'un nen que es diu Hans.

–I gràcies a un conte que es diu *El retorn al país de les tortugues* –va dir en Hans, decidit i convençut.

Els pares van riure de gust i van explicar l'anècdota a la Cesca, que va dir que no coneixia el conte, però que investigaria si era traduït al català. Si no, miraria de traduir-lo ella mateixa, perquè un conte que crea aquests sentiments en els infants convé que el conegui com més gent millor.

I van anar a veure el petit museu. Després van anar a dir adéu a la tortuga i van passar unes vacances tan agradables que, quan se'ls van acabar els quinze dies, van dir als cosins que ja entenien per què hi anaven cada any, a la Costa Brava, que ells no seria pas el darrer, de ben segur.

El dia abans de marxar,
en Hans va voler tornar al Centre.
No hi havia la Cesca,
però en Jaume els va acompanyar
al tancat on la tortuga d'en Hans
se la campava feliç.

–Llàstima que no pugui saber
quina és! –va dir en Hans.
I el pare ho va traduir a l'anglès
a en Jaume.

–Però ella em sembla que sí
que ho sap, perquè veig
que en ve una de decidida
cap aquí que jo diria
que és la teva.

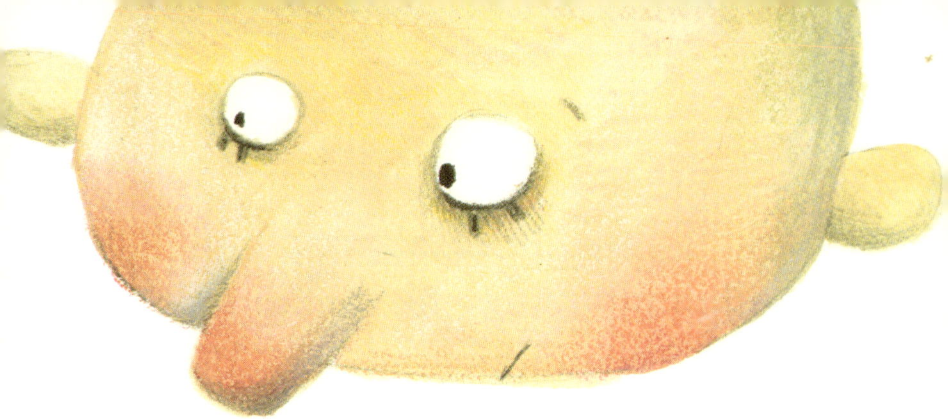

I en Hans es va ajupir
per veure-la de més a prop
i s'hi va estar una bona estona,
fins que la va tenir arran de reixat.
Finalment, es va alçar
i va dir al seu pare:
–Em sembla que sí que és la meva,
però no n'estic ben segur,
perquè els ulls els té molt diferents.
Els té plens d'alegria
i de lluminositat.

–Deu ser que ja ha recuperat
aquesta llum que ho amara tot
i que a nosaltres també
ens ha arribat tan endins.

El pare ho va traduir a en Jaume,
que va somriure
amb un moviment de cap
que volia dir que podia ben ser.
Es van acomiadar, i van marxar.

–Fins l'any que ve,
o quan vulguis, Hans.
I gràcies –li va dir en Jaume.

Han escrit i  han dibuixat...

Pere Martí i Bertran

Vaig néixer l'any 1952 a Sant Quirze de Besora, un poblet a cavall entre la Plana de Vic i el Ripollès, on vaig passar tota la meva infantesa. En recordo molta gent i moltes coses, però sobretot me n'ha quedat un aire de llibertat, malgrat l'època. Un aire de passar hores i hores al carrer (prenent-hi la fresca els vespres d'estiu, fent-hi mil i un jocs...), als boscos dels voltants (anant-hi a collir bolets, a buscar herbes remeieres amb l'àvia...), a la vora del riu i de les rieres (pescant, banyant-nos-hi...).

D'aquest contacte tan directe amb la vida, estic segur que m'ha quedat, entre altres coses, l'afecció pels animals i per la natura, ben present en els contes i les novel·les que he escrit fins ara. A *La tortuga d'en Hans*, també la hi trobareu. Tot i que en aquest cas l'experiència no ha sortit ni del carrer, ni dels boscos, ni de les rieres del Bisaura. No, aquest llibre és fruit d'un altre llibre que vaig llegir ja fa una colla d'anys i que em va entusiasmar: *El retorn al país de les tortugues*, escrit per Irina Korschunow i il·lustrat per Mary Rahn. Però no hi fa res, perquè també recordo que la lectura formava part d'aquest món infantil que tinc tan present, i que a més tenia l'avantatge (i encara el té!) que em permetia de córrer mons ben allunyats de Sant Quirze.

Com aquesta aventura d'en Hans us ho permetrà a vosaltres, ja que hi podreu conèixer un nen alemany que és d'allò més ecologista sense saber-ho, podreu viatjar amb ell per Alemanya i per la Costa Brava, i potser us podreu fer amics i tot d'una tortuga viatgera, malgrat ella mateixa.

Res, que em sembla que us ho passareu d'allò més bé si el llegiu, perquè la lectura sempre és llibertat, sempre és vida.

Carmen Queralt Arribas

Vaig néixer en una gran ciutat. M'agraden la seva bullícia, els seus racons secrets i la seva gent.

Però també m'agraden la tranquil·litat i els paisatges d'un lloc del Nord on m'escapo quan puc. He treballat en coses ben diferents. Des de fa anys em dedico a dibuixar. M'agrada fer-ho, i intento que els meus dibuixos transmetin emoció, una mica de vida. No sempre és fàcil aconseguir-ho, però val la pena intentar-ho.

L'expressió dels nens i les nenes quan miren o escolten un conte ho diu tot. Jo mateixa encara recordo la sensació d'aquells boscos secrets de la infància que s'il·luminaven davant la meva mirada silenciosa.

6'50